말로 쓰는 시

세 살부터 일곱 살까지
마주이야기

세 살부터 일곱 살까지 마주이야기
말로 쓰는 시

첫 번째 찍은 날 2021년 5월 27일

말, 그림 이찬영 | 기록 김단비
펴낸이 이명회 | 펴낸곳 도서출판 이후 | 편집 김은주 | 디자인 Studio Marzan 김성미

글 ⓒ 김단비, 2021 그림 ⓒ 이찬영, 2021

등록 1998. 2. 18.(제13-828호) | 주소 10449 경기도 고양시 일산동구 호수로 358-25(동문타워 2차) 1004호
전화 (영업) 031-908-5588 (편집) 031-908-1357 | 팩스 02-6020-9500
이메일 smallnuri@gmail.com | 블로그 blog.naver.com/dolphinbook | 페이스북 facebook.com/smilingdolphinbook
ISBN 978-89-97715-78-7 03810

말로 쓰는 시

세 살부터 일곱 살까지
마주이야기

말, 그림 이찬영 ☀ 기록 김단비

웃는돌고래

1. 이 책에 실린 마주이야기는 2014년에 태어난
이찬영 어린이가 한 말을 엄마가 그대로 기록한 것입니다.
2017년 1월부터 2020년 6월까지 한 말들인데,
연도는 따로 밝히지 않고 몇 살인지만 밝혀 두었습니다.

2. 아이가 한 말과 엄마(혹은 아빠)가 한 말은 한 행씩 비워 구분했습니다.

3. 본문에 삽입한 그림은 이찬영 어린이가 그린 것입니다.

말의 세계에서 글의 세계로

　마흔한 살에 처음 엄마가 되었습니다. 늦은 나이에 결혼한데다, 결혼하고도 5년 동안 아이가 생기지 않아서 마음 한켠에서는 포기해야 하는 걸까, 하는 생각이 솟는 참이었습니다. 나를 엄마로 선택해 준 아이가 그저 고마워서 아이에게 욕심을 품지 말자, 결심했습니다. 아이를 엄마인 내 마음대로 휘두르지 말자, 아이가 최소한 자기 마음을 있는 그대로 표현할 수 있는 분위기로 만들어 주자 이야기를 나누며 남편과 나는 서툰 부모가 될 준비를 하고 있었습니다.

　아이를 키우는 것은 내가 겪어 본 이 세상 그 어떤 일과도 달랐습니다. 다짐하고 결심했던 많은 일들이 쓸모없어지는가 하면, 무용하다 생각했던 어떤 것들은 불쑥 엄청 중요한 자리를 차지하고 있기도 했습니다. 아이가 한 살일 때 나도 한 살, 아이가 두 살일 때 나도 두 살이 되면서 배워 나가는 수밖에 없었습니다.

　아이가 입을 열어 처음 "엄마!"를 말하던 순간의 환희를 잊을 수 없습니다. 끊임없이 조잘대며 소꿉놀이를 하고, 엄마 손을 끌며 자기 앞에 마주 앉히고 역할 놀이의 상대가 되어 줄 것을 당당히 요구하는 아이 앞에서 칠순 할머니도 상남자 아빠도, 해 보지 않은 인형놀이에 식당 놀이, 온갖 놀이의 상대가 기꺼이 되어 주었습니다.

　아이가 커 가는 게 아깝다 생각되는 날들이 이어졌습니다. 새로운 말을 배워 익히고, 문장을 만들어 가는 아이의 곁에서 아이가 쏟아내는 놀라운 말들을 받아 적었습니다. 따로 가르치지 않아도, 일부러 해 보라고 멍석을 깔아 주지 않아도 아이는 자기 성장을 말로 그대로 내보였습니다. 말을 막 배운 아이가 내뱉는 모든 말은 시요, 노래였습니다. 별

것 아닌 말에도 세상 천재로 느껴지는 아이의 말들을 적어 내려가면서 알게 됐습니다. 아, 이건 아이가 아니라 엄마를 위한 시간이구나!

> "마주이야기 교육은 아이들 말이 교육 과정이 되는 교육입니다. 말! 아이들 입에서는 날마다 말이 터져 나옵니다. (…) 마주이야기 교육은 이렇게 아이들 입에서 터져 나오는 말을 들어주고 알아주고 감동해 주는 교육입니다. 아이들 말은, 아이들이 세상에 태어나 지금까지 보고, 듣고, 느끼고, 생각하고, 경험한 것으로 가득합니다. 그래서 아이들 말은 아이들의 모든 것입니다."
>
> _『마주이야기, 아이는 들어주는 만큼 자란다』, 박문희, 보리

일을 하는 엄마라 다른 아이들보다 일찍 어린이집에 보내게 됐습니다. 함께하는 시간이 많지 않으니 아이의 귀중한 순간을 놓치는 건 아닌가 걱정이 됐습니다. 함께 있는 동안 아이가 보여 주는 것들은 잊지 않고 바로 적으려고 애썼습니다. 그래도 놓치고 잃은 것들이 많을 것입니다. 언제나 가장 좋은 표정은 카메라 렌즈를 아이 얼굴에 가져다 댄 바로 그 직전에 지나가기 마련인 것처럼 말입니다.

아이의 말을 귀담아 들어주는 것만으로 아이는 따뜻한 감동을 느낍니다. 엄마가 자기에게 집중하고 맞장구를 쳐 주는 시간들이 모여 아이의 자존감은 높아지고, 힘을 얻게 됩니다. 글자를 모르는 상태에서 감정을 그대로 담아 터져 나오는 말, 그것이야말로 아이들이 몸으로 정직하게 쓴 시라 하겠습니다.

아이가 한 말과 엄마, 아빠가 나눈 대화를 그대로 옮겨 쓰려고 애썼습니다. 잊어버리지 않으려고 휴대폰에다 바로 메모를 했습니다. 잠깐이라도 정신을 놓으면 감동받았던 아이의 말은 어느새 몽땅 다 사라지고 없었습니다. 아이의 성장은 폭풍 같고 하루하루가 혼이 쏙 빠지는 날들이기 때문에, 그때 그때 적어 두지 않으면 생동감이 절반 이상 뚝 떨어집니다.

아이가 잠들고 나면 아이 말 뒤에 엄마의 마음이나 아빠의 마음을 덧붙여 보았습니다. 따로 육아일기를 쓰지 않았는데도, 내 아이가 하루하루 커 가는 모습이 손에 잡히는 것 같았습니다.

그렇게 메모를 할 때는 몇 년 몇 월 며칠에 한 말인지 반드시 적었습니다. 간혹 언제 한 말인지 적지 않은 메모들이 있는데, 날짜가 제대로 적혀 있지 않은 메모로는 아이의 성장을 가늠하기 어렵습니다.

시간이 지나고 아이의 마주이야기도 쌓여 갔습니다. 그 누구에게보다 엄마인 나에게 큰 위안이 되는 기록이었습니다. 세 살부터 일곱 살까지, 아이와 보낸 시간의 일부가 고스란히 담겼습니다.

어렵게 생각하지 않고 더 많은 부모들이 마주이야기 기록에 함께해 주면 좋겠습니다. 아이의 마주이야기를 모은 기록은 아이가 큰 뒤에 그 무엇보다 귀중한 선물이 될 것입니다.

그러나 그전에, 하루하루 커 가는 게 아쉬워서 자꾸만 아이를 그 나이 그대로 두고 싶다는 마음이 드는 날들의 감동을 기억하는 엄마, 그리고 아빠에게 더 큰 위안이 될 것입니다.

이 '마주이야기 노트'가 아이와 나눈 마주이야기로 빼곡하게 채워질 행복을 미리 축하드립니다.

2021년 5월
김단비

차 례

세 살

내 이름은
똥강아지야

그러니까 지금 줘

찬영아, 볼펜은 위험하니까 이리 줘.

싫어, 갖고 싶어.

찬영이 더 크면 그때 줄게. 지금은 손에 쥐고 자꾸 넘어지니까 불안해.

아니야, 안 커.

아니야, 찬영이 지금도 날마다 크고 있어.

안 커. 작아졌어.

뭐가? 키가?

응, 안 커. 그러니까 지금 줘. 엉엉.

_ (세 살 1월)

엄마의 마음

뾰족한 볼펜을 갖고 놀다가 찔리기라도 하면 어쩌나 싶어 달라고 했더니 아이는 한사코 자기는 안 큰다고 우깁니다. "그러니까 지금 달라"고 우는 세 살이 어찌나 이쁘던지 결국 그 볼펜을 쥐여 주고 말았네요.

나비가 되면

찬영인 커서 뭐가 될 거야?

나비!

응? 왜?

날아갈랴구.

_ (세 살 1월)

엄마의 마음

어느 텔레비전 드라마에서 아이의 지능을 지닌 어른이 "안 알랴 줌"이라는 메모를 쓴 걸 보고, '아, 분명 이 작가는 아이들의 성장을 지켜본 사람이겠구나' 싶었습니다. 아직 발음에 익숙하지 않아 멋대로 이중모음이 되어 버리는 말들을 입 밖에 내놓던 시기를 지나 아이는 커서 '해적'과 '외계인'과 '좀비'가 되겠다는 시간들을 지나왔습니다. 엄마는 그저 지켜봐 줄 뿐입니다.

계란의 맛

(계란 프라이를 먹고 있는 찬영이에게) 계란 맛있어?

응.

찬영아, 계란은 어떤 맛이야?

응, 계란 맛이야.

_ (세 살 2월)

엄마의 마음

계란이 계란 맛이지, 그럼 무슨 맛이겠습니까? 아이의 말이 놀라워 잘
적어 두었다가 나중에 『딸기는 딸기 맛』이라는 제목의 책을 출판하기
도 했습니다. 그러고 보니 책 만드는 엄마인 저는 일찍부터 아이 덕을
봤네요.

구름의 색깔

물은 무슨 색이야? 노란색인가?

(그것도 모르냐는 얼굴) 물은 구름색이야!

_ (세 살 5월)

엄마의 마음

어른들은 어떻게 표현할 줄 몰라 고민하는 것을, 아이들은 이미 정답을 제 속에 가지고 있습니다. 물은 파란색, 이라고 정해 둔 건 어른들의 짧은 생각일 뿐이지요. 오늘도 아이에게 많이 배웠습니다.

똥강아지

(고양이 흉내를 내며) 야옹! 엄마는 고양이야.

그럼, 찬영이는 고양이야, 강아지야?

(잠시 생각) 나는 똥강아지야!

_ (세 살 5월)

엄마의 마음

'아기 고양이'라는 대답을 기대했던 모양이에요. 그런데 생각해 보면 외할머니랑 통화할 때도 "아이고, 우리 똥강아지!" 하시고, 할머니도 어린이집 다녀오는 아이에게 "우리 똥강아지, 오늘은 뭐하고 놀다 왔어?" 그러시곤 했으니까 이렇게 대답한 건 어쩌면 당연한 일이겠네요.

배려

(길 가다가 다투는 꼬맹이 둘을 보고) 배려해야지, 저러면 못 써!

(웃음 꾹 참으며) 찬영아, 배려가 뭐야?

친구랑 사이좋게 지내는 거야!

_ (세 살 5월)

엄마의 마음

새롭게 알게 된 말이 생기면 어떻게든 써 보고 싶어하는 것이 아이 마음입니다. "어차피 그건 안 돼." "아뿔싸, 놓쳤네." 같은 말이 서너 살 아이 입에서 나오면 깜짝 놀라지요. 이날도 새로 들은 '배려'라는 말을 어떻게든 써 보고 싶었던 모양이에요. 말의 뜻을 정확하게 알고, 꼭 맞는 곳에, 정확하게 쓰는 걸 보면 정말 놀랍습니다.

●● 오늘의 마주이야기

살구가 병원에 가면

(땅에 떨어져 으깨진 살구를 보고) 엄마, 살구 '아야' 하겠다.
살구 병원 가야겠어.

살구는 병원 가면 어떻게 치료해?

(엄마 입을 아 벌려 들여다보고 코도 들춰 보는 시늉을 하며)
선생님이 목도 이렇게 이렇게 코도 이렇게 이렇게 할 거야.

_ (세 살 6월)

엄마의 마음
~~~~~~~~~

하루걸러 한 번은 소아과에 다닌 것 같습니다. 콧물이 조금만 나도, 열이 조금만 나도 겁이 났거든요. 살구 이야기를 나누기 이틀 전에도 병원에 다녀왔습니다. 아이가 살구에 감정 이입하는 것도 놀랍고 살구에게도 자기처럼 입도 코도 있다고 생각하는 것이 귀여웠습니다. 그림책에서 사람 아닌 것들에 눈코입을 그려 넣는 것이 내심 불편하게 느껴졌는데, 아이 마음을 알고 나니 그림책도 새로 보였습니다.

바람을 잡는 방법

(놀이터 비행기에 앉아 구르면서 놀다가) 엄마, 나는 바람을 잡을 수 있어요.

정말? 어떻게?

(왼손을 위로 쭉 펴서 주먹을 쥐고는) 이렇게 꼭 잡으면 돼요,

바람은 보이지도 않는데 잡을 수 있어? 우리 찬영이 대단하네.

아니, 보여요. 저기 저렇게 나뭇잎이 흔들리잖아요.

_ (세 살 6월)

엄마의 마음

저 말을 하던 순간이 지금도 선명합니다. 집앞 놀이터에 있는 비행기 모
양 놀이기구에 앉아 몸을 구르는 내내 아이는 놀이터 건너편 커다란 플
라타너스를 보고 있었어요. 그날의 따뜻했던 바람, 영글어가던 초록들
이 지금도 선명합니다. 아이가 자란 뒤에, 정작 본인은 자기가 얼마나
훌륭한 시인이었는지 잊고 살겠지만 엄마는 잊을 수 없을 거예요. 입을
열 때마다 아름다운 시를 쓰던 아이의 모든 순간을요!

🐾 오늘의 마주이야기

같이 놀자!

찬영아, 너 그렇게 쾅쾅 뛰면 아래층 누나들이 그럴걸?
'이건 누가 내는 소리지? 분명히 찬영이 같은데? 우리 올라가 보자!'
그러면서 올라올지도 몰라. 누나들 진짜 올라오면 찬영이 뭐라고 해야 해?

(잠깐 생각하더니) 우리 같이 놀자!

_ (세 살 6월)

엄마의 마음

어른이 생각한 정답은 "미안해, 누나"였어요. 아파트에 살면서 층간 소음 스트레스에서 자유로울 수 없었는데, 저렇게 해맑게 얘기해서 무척 놀랐습니다. 이웃을 두려워하고, 경계하는 건 어른의 마음이었더라고요. 마음껏 뛰지 못하게 계속 단속해야 하는 현실은 어쩔 수 없지만, "같이 놀자" 하는 마음은 배우고 싶습니다.

선풍기 바람

엄마, 찬영이 날라갈 것 같아요.

어디 어디? 정말이네?

엄마, 찬영이 공작샌가 봐.

_ (세 살 7월)

엄마의 마음

무척이나 더웠던 그날, 선풍기 바람만 따라다니던 아이는 머리카락이
선풍기 바람에 막 날리자 깔깔깔 웃어댔어요. 머리카락 휘날리는 모습
이 동물원에서 본 공작새 꼬리깃 같았던 모양이에요. 이렇게 빗대 표현
하는 게 놀랍습니다.

혹

엄마, 머리에 뼈가 났어!

_ (세 살 9월)

엄마의 마음

그림책을 보는데, 사과나무 아래에서 놀던 미어캣 머리에 사과가 떨어
져 혹이 솟은 장면이 나왔습니다. '혹'이라는 말을 몰라도 얼마든지 표
현할 수 있는 놀라운 세 살! 하루하루 어휘가 늘고, 언어가 확장되어 가
는 것을 확인하는 놀라운 시간들이었습니다.

세 살, 애착 욕구로 넘쳐나는 시기

붙어 있거나 떨어져 있거나

교육학자 존 볼비는 "애착이란 모든 인간이나 개체에 사전 프로그램화된 하나의 행동체계"라고 했다. "영아는 선천적으로 다른 사람에게 접근하고자 하는 성향인 애착욕구를 가지고 태어나"기 때문에 선천적으로 어른에게 신호를 보내고 어른이 그 생물학적 신호에 반응하여 애착이 형성된다고 했다.

'애착'이란 용어는 동물행동학적 이론을 인간관계에 적용하여 만든 용어다. 흔히 유아가 태어나서 자신을 돌보는 사람, 특히 엄마와 갖게 되는 강한 정서적 유대를 말한다. 볼보는 인생에서 첫 3년이 사회정서발달이 가장 민감한 시기라고 말했다. 첫 3년간의 친밀한 정서적 유대를 형성하는 데 매우 민감한 시기라, 이 시기에 그런 기회를 갖지 못한다면 나중에 친밀한 인간관계를 형성하는 것이 어렵다고 보았다. 대부분의 육아서가 그런 관점으로 쓰여져 있어 낭패감을 느꼈던 것이 꽤 여러 번이다.

일을 하느라 아이를 남들보다 일찍 어린이집에 맡겨야 했던 엄마인 나는 볼비의 이런 애착 이론에 마냥 동의하기가 힘들었다. 아이가 처음 태어나 3년까지가 무척이나 중요한 시기라는 데는 동의한다. 그러나 동물의 행동을 기준으로 세운 이 이론이 인간이라는 종에게까지 유효한 이론인지는 잘 모르겠다. 동물행동학에서는 애착 형성을 실험하면서 먹이를 줬다 안 줬다, 조금 줬다 많이 줬다 하는 변수를 마음껏 적용할 수 있었지만 사람의 아기를 상대로 그런 실험은 허용되지 않았다. 애초부터 같은 시각으로 보기 힘들지 않겠는가.

　그럼에도, 어린이집 선생님께 아이를 맡기고 돌아서는 순간 뒤꼭지로 날아오는 아이의 울음소리가 커질수록 엄마의 죄책감도 비례해 커졌다. 문을 닫고 돌아서는 순간 다 때려치우고 아기랑 있어야 하는 게 아닐까, 하는 생각을 골백 번도 더했다. 그런 시간을 보냈지만 나는 아이와 나의 애착이 약하게 형성되었다고 생각하지 않는다.

　함께 보내는 시간이 짧았던 만큼 같이 있는 시간의 밀도를 높이려고 애썼다. 놀아 주고, 함께 웃고, 수많은 숨바꼭질과 놀이터 탐험과 계절마다 달라지는 산에서 주머니에 온갖 것을 넣어 오는 아이와 그 시간을 놓치지 않으려 애썼다. 그리고 계속 이야기했다. 엄마에겐 엄마의 시간이 있는 거라고, 너와 있을 때는 너에게 최선을 다할 거고, 회사에 가면 또 회사에서 최선을 다하는 멋진 엄마가 될 거라고, 그러니까 미안해하지 않고 씩씩한 엄마가 될 거라고. 아이가 다는 알아듣지 못하더라도 뜻은 이해할 거라고 믿었다.

　일곱 살이 넘도록 한 번도 아이와 떨어져 자지 않았다는 엄마도 있다. 나는 세 살에 이미 아이를 아빠에게 맡기고 지방으로 친구들과 여행을 다녀왔다. 아이가 열 살이 넘어도 친구네 집에서 하룻밤도 재워 보지 않았다는 엄마도 많다. 나는 아이가 다섯 살 때, 친구들과 형아들과 선생님들만 떠나는 1박 2일 들살이에 아이를 보냈다. 그걸 불안해하지 않고 씩씩하게 다음 단계로 성장해 가는 모습을 보면서 기뻤다. 그러면서 모자란 엄마인 나도 조금씩 자라났다.

애착은 현대 사회의 정서, 행동 문제뿐 아니라 아동의 모든 발달을 촉진하는 중요한 원인 중 하나로, 그 중요성이 점점 커지고 있다. 그러나 애착이 중요하다고 해서 엄마가 잘못된 방식으로 아이와 관계를 맺는다면 그것은 오히려 아이에게 해가 될 것이다.

아이에게 "찬영아, 스무 살엔 뭐라고?" 물으면 "독립!"이라는 말을 자동으로 한다. 마음의 탯줄을 잘 잘라내고 아이를 정서적으로 잘 독립시키는 용감한 엄마이고 싶다.

네 살

독침 쏘는
맛이 나

내 손은 두 개

(해물순두부 속 조개를 가리키며) 이거, 여기 있는 조개껍데기 줘.

손에 많이 묻을 텐데. 냄새도 나고.

그래도 줘. 갖고 놀 거야. 줘.

안 그랬으면 좋겠는데.

놀 거야. 놀고 싶어.

그럼, 하나만 갖고 놀아.

찬영이 손은 두 갠데 왜 하나만 갖고 놀아?

_ (네 살 4월)

엄마의 마음

고집과 떼가 어휘력과 함께 정비례로 늘던 시절이었습니다. 손이 두 개
니까 조개껍데기도 두 개 갖고 노는 게 맞다고 주장하는 네 살 아이를
누가 당해 낼 수 있을까요?

오늘의 마주이야기

다람쥐의 눈물

(세탁기 속에서 빙글빙글 돌아가는 다람쥐 인형을 보고 깜짝 놀란 찬영이)

엄마, 다람쥐가 눈물 흘려!

_ (네 살 2월)

엄마의 마음

침대 머리맡에 놓고 자던, 아이 키보다 훨씬 큰 다람쥐 인형을 세탁하는데 아이가 드럼세탁기 앞에 한참이나 앉아 있더라고요. 물에 젖어 빙글빙글 돌아가던 다람쥐 인형이 울고 있다고 생각하는 아이 마음이 참 예뻤습니다. 언젠가는 찻물 끓이는 주전자가 물 다 끓었다고 삐~익 소리를 내니 "엄마, 주전자가 울었어! 나는 들었어!" 하고 말하기도 했지요. 문장 구사 능력도 놀라웠지만, 살아 있는 것이나 아닌 것이나 모든 존재에 감정을 부여하는 놀라운 시기의 예쁜 마음이 더 귀하게 여겨졌습니다.

예쁜 것과 멋진 것

찬영아, 저기 좀 봐. 구름이 정말 예쁘다. 비 온 뒤라 그런가 봐.

엄마, 저건 예쁜 게 아니라 멋진 거야.

그, 그래? 근데 멋진 거랑 예쁜 거랑 다른 거야?.

응, 멋진 건 지켜 주는 거고, 예쁜 건 쓰다듬어 주는 거야!

_ (네 살 8월)

엄마의 마음

제 나름대로 단어들의 뜻을 가르고, 구분하고 있다는 게 놀라웠습니다.
아이만의 국어사전을 만들고 싶다, 생각했지요.

오늘의 마주이야기

빨리 먹어야 돼

(저녁 먹고 간식으로 젤리 먹는 찬영이 앞에 앉아 있던 아빠가 물었다.)
젤리가 그렇게 맛있어?

아빠 안 줄 거야.

달라고도 안 했어.

(오물오물 열심히 먹는 찬영이)

(그릇에 한 개 남은 젤리를 보고) 그거 마지막 젤리, 아빠가 달라고 하면 어떡할 거야?

(한참 고민하다가) 빨리 먹어야 돼.

_ (네 살 8월)

엄마의 마음

젤리를 정말 좋아했지만 충치 생길까 봐 늘 조심스러워서 일주일에 한 봉지 겨우 줄까 말까 했습니다. 그러니 아이는 늘 아쉬울 수밖에요. 맛있게 먹다가 딱 한 개가 남았는데, 그걸 아까워서 못 먹고 꼭 쥐고 있더라고요. 하나 남은 걸 아빠 달라고 하면, "아빠 줄게"까지는 아니더라도, "나눠 먹자" 정도를 기대했던 것 같아요. 아이의 대답은 완전 달랐네요. 그럼요, 그래야 어린이지요!

무 먹으면 되지

밥 먹자마자 그렇게 소파에 뒹굴뒹굴 누워 있으면 어떡해? 너 그러면 소 돼!

괜찮아. 무 먹으면 돼!

_ (네 살 8월)

엄마의 마음

전날 밤에 '소가 된 게으름뱅이' 얘기를 들려줬어요. 먹고 자고, 놀고 자고 하던 게으름뱅이가 소로 변해서 엄청 고생했던 옛이야기 말입니다. 그러다 체하기라도 하면 안 되니까 "먹자마자 뒹굴뒹굴 누워 있으면 소 될 거"라고 겁을 준 거예요. 벌떡 일어나 앉을 줄 알고요. 그런데 무서워하기는커녕 무 먹으면 된다네요. 언제나 뜻밖의 대답을 해 주던 놀라운 네 살!

할아버지가 잘 찾아오실까?

엄마, 할아버지가 우리 집 알아?

그럼, 아시지.

엄마가 얘기했어?

아니, 저번 설날에 할아버지 떡국 드시러 오셨을 때 아빠가 말씀드렸을걸?

그래? 그럼, 다행이다!

_ (네 살 9월)

엄마의 마음

아이의 할아버지는 오래전에 돌아가셨습니다. 제사 때나 명절 때 차례 지내는 걸 보면서 아이도 할아버지가 식구란 걸 새기는 모양이었어요. 할머니랑 같이 살다가 이사 나와서 우리 집에서 처음 모시는 할아버지 제사 때 아이가 갑자기 할아버지 걱정을 하는 겁니다. 돌아가신 할아버지가 이사한 우리 집을 어떻게 알고 찾아오실까 하면서요. 돌아가신 분에게도 다 연락하는 방법이 있다고 이야기해 줬더니 그제야 안심합니다. 그 마음이 참 예쁘고 고마웠습니다.

오늘의 마주이야기

엄마도 어린이집 가서 배우면 돼

찬영이는 어쩜 이렇게 손을 잘 씻어?

응, '울타리'랑 '알사탕'이 알려줬어.

그래? 엄마는 그런 거 가르쳐 주는 사람 없었는데, 찬영인 좋겠구나!

그럼, 엄마도 여름 지나면 어린이집 가서 배우면 돼!

_ (네 살 9월)

엄마의 마음

'울타리'와 '알사탕'은 아이가 네 살 때 만난 어린이집 선생님 별명입니다. 비누칠하고 뽀독뽀독 소리가 날 만큼 제법 야무지게 닦는 걸 보고 대견해서 한마디 했더니, 엄마도 어린이집 가서 배우면 된다고 합니다. 네네, 그럼요. 근데 왜 꼭 여름 지나서 가야 하는 건지는 지금도 모르겠습니다, 하하하.

먹어도 돼!

어, 저기 한강에 새들이 잔뜩 앉아 있네.

어디 어디? 아, 그러네.

물고기 잡나 보다. 그런데 한강에 사는 물고기들 깨끗한가 모르겠다. 새들 배탈 안 날까?

아니야 엄마, 물고기 맨날 수영해서 깨끗해. 그러니까 먹어도 돼!
까치랑 직박구리랑 다 먹어도 돼.

그, 그래.

_ (네 살 10월)

엄마의 마음

한강이 유난히 반짝반짝한 날이었습니다. 강에 잔뜩 내려앉은 새들을
보다가 "한강에 있는 물고기들 깨끗할까?" 생각 없이 뱉은 말에 아이는
물고기 입장이 되어 대답하더라고요. 엄마가 물고기들 흉본다고 생각
한 것 같았어요. 그 마음이 참 예뻤습니다. 나중에 나온 '안녕달'의 그림
책 『왜냐면』에서 비슷한 맥락의 장면을 보고는 몹시 반가웠습니다.

●● 오늘의 마주이야기

나라 이름 대기

(추석이라 할머니댁에서 만난 열 살 사촌누나랑 놀고 있다.)
찬영아, 나라 이름 아는 거 있어?

응!

그럼, 우리, 나라 이름 대기 하자! 너부터 해 봐.

음, 구름 나라!

그건 나라가 아니잖아.

왜?

….

_ (네 살 10월)

엄마의 마음

나이 차이가 많이 나는 사촌누나를 무척이나 따랐습니다. 말도 안 통하는 동생이랑 잘 놀아 주는 누나가 참 고마웠습니다. 아이 대답을 듣고 기막혀하던 지현이 표정이 지금도 생생합니다.

오늘의 마주이야기

강아지 눈

강아지 눈이 반짝반짝해서 눈이 부셔!

_ (네 살 10월)

엄마의 마음

큰고모네 강아지 '마루'를 처음 본 날, 아이는 강아지에게서 눈을 떼지
못했습니다. 졸졸졸 따라다니고, 간식을 주고, 안고, 꼬리 당기다 혼나
곤 했지요. 그러다 고모네가 집에 가야 해서 마루랑도 인사하고 들어오
는데, 아이가 황홀한 표정으로 저렇게 말했습니다. 그냥 반짝반짝하다
는 데 그치지 않고, 눈이 부시다고 말했습니다. 아이가 얼마나 마루한테
반했는지 단숨에 알 수 있었지요.

오늘의 마주이야기

싸우지 마

엄마, 아빠! 싸우지 마. 그러면 나 기분 안 좋아서, 내가 없어지는 것 같아.

_ (네 살 10월)

엄마의 마음

저 말을 듣고, 엄마랑 아빠는 깊이 반성했습니다. 어린이를 어른의 스승이라고 하는 데는 다 이유가 있었던 것입니다.

오늘의 마주이야기

독침 쏘는 맛

엄마, 나도 저거 먹어 보고 싶어.

뭐?

저기 뽀글뽀글 방울 나는 거.

사이다? 안 돼, 그건 탄산음료라서.

(소주를 가리키며) 엄마랑 아빠도 먹잖아.

아니, 이건…. (말문 막힘) 그래, 한 잔만 먹자!

(한 모금 먹고) 엄마, 해파리 같아.

(또 한 모금 먹고) 엄마, 독침 쏘는 거 같아!

_ (네 살 11월)

엄마의 마음

난생 처음 사이다를 먹어 본 아이는 탄산 알갱이가 입속에서 터지는 걸 저렇게 멋지게 표현했습니다. 사이다 맛을 저보다 더 정확하게 묘사한 표현을 아직 알지 못합니다.

오늘의 마주이야기

엄마 사랑만 기억할게!

엄마 오랜만에 엄마 친구들 만나기로 한 거 알지?
찬영이도 아빠랑 할머니 댁에서 재미있게 놀다 와!

응!

씩씩하네! 엄마 보고 싶어도 하루만 참아 줘.

알았어. 나는 엄마 사랑만 기억하고 있을게!

_ (네 살 12월)

엄마의 마음

친구들이랑 잘 놀다 오라고, 엄마 못 보는 동안 엄마 사랑만 생각하고
있겠다고 말해 주는 아이가 내 아이라니! 떼 놓고 여행 가는 것이 미안
했는데, 생각보다 흔쾌히 대답해 줘서 정말 기뻤습니다. 아빠랑 할머니
댁으로 가면서도 의연하고 씩씩해서 정말 고맙더라고요.

오늘의 마주이야기

네 살, 아이의 첫 번째 사회생활을 응원해 주자

아이가 진짜로 배워야 할 것들

어린아이를 둔 부모를 타깃으로 하는 산업은 대개 '불안'을 자양분으로 삼는다. 아이를 낳고 3주 만에 집에 돌아왔는데, 아파트 현관문에 이런 광고가 붙어 있었다.

"영어 공부, 태어난 뒤에 시작하면 이미 늦습니다."

와, 정말이지 할 말이 없었다. 건강하게만 자라 다오, 맘 편하게 말할 수 있는 건 이미 오래전에 끝난 세상이라지만 이건 해도 해도 너무 한다 싶었다. 우리말을 시작하기도 전에 알파벳부터 가르치고, 한글도 제대로 모르는 아이들이 영어 유치원을 다니고, 영어 문장을 줄줄 써 내려가는 아이들이 정작 우리말로 된 책을 읽고는 무슨 내용인지 이해를 못 하는 것이 지금 우리가 살고 있는 현실이다. 남들도 하니까, 막연히 그렇게 해야 한다고 하니까, 하는 부모들의 마음 뒤에는 가만히 있는 것보다 뭐라도 하면 덜 불안하다는 안쓰러운 동기가 자리 잡고 있다.

나의 어린 시절을 생각해 본다. 아침상 앞에 앉으면 먼저 밥을 먹은 옆집 친구가 우리 집 툇마루에 앉아 내가 밥 먹고 나오기를 기다리고 있었다. 그렇게 뛰어나가 점심 먹으러 잠깐 집에 들어오는 것 말고는 내내 밖에서 놀았다. 저녁 먹으러 오라고 엄마가 소리소리 지르면 못 이기는 체 겨우 집에 들어왔다.

동네 아이들과 몰려다니는 동안 어른들은 우리가 뭘 하고 놀든 상관하지 않았다. 여름 물놀이 때 위험한 곳에 가지 않도록 하는 거, 소 먹이는 형이나 오빠들에게 가서 귀찮게 하지 않기, 겨울이면 얼음이 얇은 곳에서 썰매 타지 않도록 하는 정도의 기본 안전 지

침만 내려 주곤 끝이었다. 사계절 내내 몰려다니며 놀던 우리들은 이제 겨우 기저귀를 뗀 동네 동생이 귀찮게 따라붙으면 '깍두기'란 이름으로 이 편 저 편 다 끼워 주면서 서로의 전력을 동등하게 손실시키는 법을 배웠고, 집에 손님이 다녀가신 다음날 저 혼자 뭔가 맛있게 먹는 친구가 있으면 하루쯤 함께 놀지 않는 것으로 그 아이의 욕심을 응징했으며, 구슬 따먹기나 뻰 따먹기 놀이를 할 때 한 사람이 일방적으로 독식하는 일이 없도록 하루에 몇 개 이상은 남의 것을 따 가지 못하도록 하는 규칙을 정했다. 그 규칙은 밖에서 보기에는 엉성하고 어설퍼 보일 수도 있었으나 '우리들' 안으로 들어오려면 반드시 지켜야 하는 신성불가침의 영역이었다.

　유치원도 어린이집도 없었던 그 시골 마을에서 아이들은 선생님 없이, 모두가 모두의 선생님이 되어 씩씩하게 자랐다. 누가 시키지 않아도 저절로 그렇게 될 수 있었던 것은 온 마을이 우리 땅꼬마 전부를 보이지 않는 곳에서까지 안온하게 지켜보고 있었던 까닭이겠다. 나는 그렇게 사회생활을 시작했다.

　안타깝게도 지금의 아이들은 그런 시간을 누리질 못한다. 어린이집이나 유치원에 가게 되면서도 부모들은 은연중에 뭔가를 '공부'하고 '학습'해서 지적 능력을 키워 줄 것을 기대한다. 누군가는 뇌 성장이 그야말로 폭발적인 이 시기에 아이에게 뭔가 생산적인 자극을 잔뜩 주는 것이 좋겠다고 이야기하고, 또 다른 누군가는 아이의 학습 능력이나 속도가 어느 정도인지를 알지 못한 채 획일적으로 여러 아이들과 함께 배우게 하는 것은 안 된다고 이야기하고, 또 어떤 이는 네 살짜리 아이들에게 뭔가를 가르치려고 하는 시도 자체가 무의미하다고 말하기도 한다.

나는 다 맞고, 또 다 틀렸다고 생각한다. '인지 학습'이라는 기준으로 아이의 어린이집과 유치원을 선택하고 초등학교 입학 전까지의 시간을 의무교육 시작 전에 많은 것들을 미리 접하게 해서 학교에 잘 적응할 수 있게 돕는 곳이라고 생각하는 것 자체가 잘못된 접근이라 생각하기 때문이다.

어린이집이나 유치원에 처음 가는 아이에게 가장 중요한 것은 아이가 이제 막 첫 번째 사회생활을 시작했다는 사실이다. 친구를 사귀는 법, 인사하는 법, 싸우는 법, 화해하는 법, 어른을 대하는 법, 규칙을 지켜야 하는 까닭, 혼자 숟가락질하는 법, 화장실에 가는 법, 내 마음을 다른 이에게 전하는 법, 내 생각과 다른 생각을 가진 사람과 이야기하는 법, 자신과 다른 성별을 가진 친구를 이해하는 법…… 그곳에서 배워야 할 것은 끝도 없다. 이곳에서 보내는 시간이 앞으로 아이 인생에 맞닥뜨릴 긴 사회생활의 많은 부분을 결정하게 된다는 사실에 두려움을 느낄 줄 알아야 한다.

뭔가를 많이 가르친다고 자랑하는 곳이 아니라, 별로 하는 건 없어 보이더라도 아이를 있는 그대로 받아 주는 마음자세가 되어 있는 곳을 찾아가자. 어렵지만, 부모의 기준만 확실하다면 길이 없지는 않다.

초등학교 입학 전까지만이라도, 아이가 진짜 배워야 할 것들을 제대로 배우게 하자. 아이의 첫 번째 사회생활을 온마음으로 응원하자. 그것 말고 나머지 것들은 아이가 하고 싶을 때 시작해도 늦지 않을 것이다.

다섯 살

화살표가
똥꼬를 꼭꼭

엄마, 녹여 줘

일어나, 얼른! 어린이집 늦었어!

엄마! 나 아까부터 일어나 있었어.

근데, 왜 안 일어났어?

얼어 있었어.

그래? 우리 아가 얼어 있으니, 어떻게 해야 하나?

응, 뽀뽀해 주면 녹을 거야.

그래? 자, 뽀뽀 쪽!

이제 다 녹았어.

_ (다섯 살 1월)

엄마의 마음

밤에 늦게 자면 다음 날은 언제나 전쟁입니다. 엄마, 아빠는 출근해야 하고, 아이는 어린이집에 가야 하는데 속절없이 시간이 자꾸 가니, 엄마는 마음이 급해집니다. 목소리가 점점 높아지려고 하는데 눈을 뜨고도 계속 침대에서 뒹굴뒹굴 하던 아이가 저렇게 말하는 겁니다. 화도 못 내고 웃을 수밖에요.

이러다

엄마, 왜 이렇게 밥이 안 나와? 이러다 나 굶어죽겠어.

_ (다섯 살 3월)

엄마의 마음

찬영이가 좋아하는 갈치구이를 먹으러 갔는데, 주문을 받은 뒤에 음식
을 만들기 시작하니 좀 오래 걸렸습니다. 십 분도 못 참고 끙끙대더니
저렇게 말했어요. 굶어죽는다는 말은 도대체 어디서 배운 걸까요?

똥꼬를 꼭꼭

놀고 있는데 끙아가 똥꼬를 화살표로 꼭꼭 찔르는 거야.

_ (다섯 살 7월)

엄마의 마음

끙아가 막 나오려고 하는 순간을 저렇게 표현할 수 있는 사람은 세상에 어린이뿐일 겁니다. 세상 모든 어린이는 언어 천재라는 말을 실감한 날이지요.

어른이면 알아야지

찬영아, 엄마 요기 모기 물렸어.

어디서?

글쎄, 그건 몰라.

몰르면 어른이 아니지.

_ (다섯 살 8월)

엄마의 마음

모기 물렸다고 하소연하는데 아이는 그림을 그리느라 엄마를 심드렁하게 쳐다보았습니다. "모르면 어른이 아니지!" 이렇게 정곡을 찌르는 말을 아무렇지 않게 하는 아이라니!

엄마, 우리 저기 앉자!

엄마, 우리 저기 앉자!

저긴 네 사람 앉는 자리니까, 다른 사람들이 앉게 두자.

(잠깐 생각) 그 사람들한테는 우리가 '다른 사람'이잖아. 그러니까 우리가 그냥 앉자.

_ (다섯 살 12월)

엄마의 마음

늘 앉고 싶었지만 못 앉던 우동집 창가 자리가 마침 비어 있는 걸 보고
아이는 당장 그리로 가자고 합니다. 손님 많을 점심시간에 아이 한 명,
어른 한 명인 우리가 거길 차지하면 안 될 것 같아서 말리다가 말로는
못 당한다는 걸 또 깨달았네요.

매생이굴국

엄마, 국에 뭘 넣었길래 국이 이렇게 어두워?

_ (다섯 살 12월)

엄마의 마음

어린이도 음식 맛을 시각적으로 누릴 줄 안다는 걸 알게 된 날입니다. 더 다양하고 다채로운 식단을 꾸며 주고 싶다는 생각을 하게 됐고요. 물론 실천은 내내 어렵지만요.

펭귄의 인형놀이는

엄마, 펭귄 아기는 뭐 갖고 놀아?

글쎄, 얼음이나 돌멩이나 뭐 그런 거 갖고 놀지 않을까?

아~ 어른들이 깎아 준 걸로?

그, 그렇겠지?

그럼, 그걸로 사람 놀이도 하고 놀겠다, 그지?

사람놀이?

응. 내가 펭귄 인형놀이 하는 것처럼 펭귄들은 사람 놀이 하겠지.

아~ 진짜 그렇겠다.

_ (다섯 살 12월)

엄마의 마음

펭귄 인형들을 갖고 놀다가 진짜 펭귄 아기들의 생활을 궁금해하는 마음으로 이어지는 게 신기하면서도 좋았습니다. 펭귄 어린이들도 자기처럼 놀까, 아가 펭귄들은 뭐 하고 놀까 궁금해하는 마음이 고와서 꼭 안아 주었지요. 이런 게 궁금했단 걸 잊지 않는다면 절대로 동물을 괴롭히는 어른은 되지 않겠다 싶었습니다.

다섯 살, 나의 양육 태도는 어디쯤 있을까?

날마다 자라는 어린이

권위주의적이고 독재적인 양육 태도를 가진 부모는 아이를 통제하기 위해 체벌과 강제성을 동원한다. 이런 방식이 반복되면 아이는 공포와 두려움에 지배받기 쉽고 우울하고 불행하다. 쉽게 초조해하거나 스트레스를 많이 받게 된다.

그렇다면 아이 마음대로 하게 두는 것이 옳을까? 아이의 자율성을 인정하는 양육 태도는 아이의 자기 통제력을 낮추고, 공격적이며 어른에 저항하는 태도를 가진 아이가 되기 쉽다. 성취 지향성이 낮고 충동적인데다 목표 지향적 활동 또한 적다.

이 둘의 장점을 조화롭게 적용하는 권위 있는 양육 태도야말로 아이를 활기차고 다정하게 자라게 한다. 스스로에 대한 신뢰도 높고, 쾌활하며 또래 친구들과도 잘 사귀는가 하면 새로운 상황에 대한 흥미와 호기심도 엄청 높다. 어려워서 그렇지, 할 수만 있다면 모든 부모가 이런 유형이고 싶을 것이다.

가장 나쁜 것은 무관심한 부모, 방임형이다. 부모 역할을 제대로 수행하지도 않고, 아이의 욕구를 인정하지도 않는다. 지도나 훈육 또한 거의 없다. 이런 부모 아래서 아이는 무기력하고, 반사회적인 어른으로 성장할 수밖에 없다.

고민하는 부모들에게 교육학자 갈린스키가 내놓은 것은 '발달적 역할'이다. 아이의 성장 단계에 따라 다른 방식의 양육을 하라는 것이다. 아이가 뱃속에 있을 때는 자신이 생각하는 부모의 상을 이미지로 만드는 시기다. 아이가 태어나 2년까지는 애착 형성에 집중한다. 그리고 두 살부터 다섯 살까지는 아이에 대한 부모의 권위를 받아들이게 하고 자율과 책임을 적절히 조화시키는 부모로서 권위를 만들어 가는 시기다. 그 다음 13살까지는 자녀에게 세상을 설명해 주고, 그 뒤에는 떠나 보내기 위한 준비를 해야 한다. 이론대로만 된다면 더할 나위 없겠지만 쉽지 않다.

아이 다섯을 낳아 잘 키워 낸 우리 엄마에게 언젠가 물었다. 도대체 어떻게 하면 다섯이나 기를 수 있는 거냐고. "그냥, 생각을 안 했으니까. 그래야 하는 건 줄 알았으니까. 다행히 너희들이 다 잘 커 줬으니 고맙지." 그게 엄마의 대답이었다. 아이 다섯의 성격을 일일이 다 받아 주지도 못했고, 그럴 여유도 없었다. 너나없이 궁핍하고 결여된 것이 많았던 시절이라 가능했으리라. 지금이라면 언제나 비교우위에 있기 마련인 '옆집 엄마' 때문에 거의 불가능한 육아 방식이다.

엄마가 어떤 고민을 하든 아이는 쉬지 않고 성장한다. 새끼 오리가 처음 눈을 떠 엄마 오리를 각인하듯이, 아이들은 처음 가 보는 장소와 놀이, 처음 듣는 단어와 사물을 새기기 위해 탐색하고, 맛보고, 경험하기 위해 온힘을 다하고 있다. 힘내라, 얘들아!

아이의 성장을 믿고 지지하는 것! 그것 하나만이라도 놓치지 않는다면 최소한 실패는 하지 않으리라 믿는다.

여섯 살

몰라 몰라
몰라쟁이

목 방귀

꺼~~~억.
(큰소리에 저도 놀랐는지, 잠깐 가만 있다가)
엄마, 나 목에서 방구 꼈어.

_ (여섯 살 1월)

엄마의 마음

트림 소리와 방귀 소리가 비슷하게 들린다는 걸, 새삼 깨달은 날이지요.
아이고, 귀여워라.

오늘의 마주이야기

겨울눈 걱정

엄마, 나무에 붙어 있는 지거 뭐야?

뭐?

저, 강아지풀 같은 거.

아, 겨울눈? 저 속에 꽃도 들어 있고 이파리도 들어 있어.
지금은 추우니까 저렇게 감싸고 있지. 이제 조금만 있으면 목련꽃 보겠다.

저 속에 꽃이 들어 있어? 꼬깃꼬깃하겠다, 답답하고.

아니야, 지금은 쪼그맣게 들어 있어. 걱정 안 해도 돼.

_ (여섯 살 1월)

엄마의 마음

겨울눈 속 꽃까지 걱정하는 아이의 마음이 참 따뜻해서 좋았습니다. 우리도 어렸을 때는 다 그런 마음이었을 텐데, 어쩌다 지금은 다 잊고 살아가는 걸까요. 아이 덕분에 한번씩 그 마음을 꺼내 보게 됩니다.

오늘의 마주이야기

내려 주고 싶어

엄마, 할머니 집에서 본 그 삼촌 있지?

누구?

거기 나무에 매달려 있는 사람 있잖아.

예수님? 그런데?

나, 그 삼촌 거기서 내려 주고 싶다.

_ (여섯 살 1월)

엄마의 마음
~~~~~~~~~
성당에 다니시는 할머니 댁 거실 정면에 걸린 십자가상이 어떤 의미를
지니는지 궁금해하는 아이에게, 사람들의 죄를 대신 짊어지고 십자가
에 못 박힌 신의 아들이라고 얘기해 주었습니다. 알아들었는지 어땠는
지, 아이는 그저 괴로워 보이는 그 '삼촌'을 십자가에서 내려오게 하고
싶다고 말합니다. 아이가 어떤 종교를 선택하든, 고통받는 이를 고통에
서 구해 주고 싶다는 마음 하나는 꼭 잊지 않았으면 좋겠습니다.

◉◉ 오늘의 마주이야기

이게 윙크야

엄마, 나 '잉크'할 수 있다.

그래?

보여 줄게. (두 눈을 꼭 감고 안 뜬다.)

그게 윙크야?

응, 이렇게 두 눈을 꼭 감고 있다가 한쪽 눈이 붙으면 그때 '잉크'가 돼.

_ (여섯 살 1월)

엄마의 마음

어린이집 형아들한테 윙크하는 법을 배워 온 날, 엄마에게 열심히 설명
해 주더라고요. 뭔가 새로운 걸 알게 되면 그걸 엄마에게도 알려주고 싶
어했습니다. 형아가 가르쳐 준 윙크 법을 열심히 전파하는 모습이 어찌
나 귀엽던지요.

아빠는 커서

(아빠랑 레고로 스타워즈 놀이 중) 이얍, 얍얍, 공화국은 반드시 승리할 것이다.
(그러면서 다스베이더의 광선검을 아빠가 슬쩍 가져가는 순간,)

아우, 진짜! 아빠 나중에 커서 도둑 되려고 그래?

_ (여섯 살 2월)

엄마의 마음

아이와 친구처럼 놀아 주는 아이 아빠가 참 고맙습니다. 저녁마다 "아빠, 오늘 늦어?" 기다리는 것도 당연하지요. 목이 빠지게 아빠를 기다리다가 같이 노는 것이니 신나게 놀면 될 텐데, 져 주지 않는 아빠 때문에 울고불고, 좀 더 안 놀아 준다고 엉엉, 안 자고 놀 거라고 씩씩대는 통에 혼나고 잠드는 날이 많았습니다. 아빠와 광선검을 겨루고, 우주선 싸움을 하는 시간이 그렇게 좋은 모양이에요. 이런 시간이 차곡차곡 쌓여, 사춘기에도 서로 마음을 열고 이야기 나눌 수 있는 부자지간이면 정말 좋겠습니다.

할머니, 똥 먹었어?

엄마, 엄마도 옛날에 똥 먹은 적 있어?

응?

외할머니 어제 똥 먹었다며?

뭐라고?

어제 아빠가 그랬어. "장모님, 똥 드세요!"

_ (여섯 살 2월)

설날이라 대구 외갓집 다녀오는 길, 기차 안에서 갑자기 엄마도 똥 먹은 적 있냐고 물어서 얼마나 놀랐던지요. 자는 줄 알았는데, 거실에서 고스톱 치는 소리를 들었던 모양입니다. "쌌다!" "아이고, 설사네!" "장모님, 얼른 똥 드세요!" 외할머니더러 똥을 먹으라 하는 아빠도 이상하고, 말리지 않고 왁자지껄 웃기만 하는 이모나 외삼촌도 이상했겠지요. 도대체 어떻게 된 일일까 고민하다가 묻는 아이 덕에 얼마나 웃었는지 모릅니다.

●● 오늘의 마주이야기

몰라 몰라 몰라쟁이

오늘 어린이집 어땠어?

몰라.

재미없었어? 성율이랑 재미있게 놀았다던데?

기억 안 나!

밥은 잘 먹었어?

(잠시 생각) 몰라!

간식은 뭐 먹었어?

기억 안 난다니까!

잘 생각해 봐.

몰라, 그럴 수도 있지 뭐.

그래, 그렇긴 한데 앞으론 잘 기억해 뒀다가 엄마한테 얘기 좀 잘해 주면 안 될까?

노력은 해 볼게.

(집에 와서 저녁 먹다가) 근데 아빠, 어제 약속한 거 잊은 건 아니겠지?

뭐?

아이스크림!

아~~.

넌, 그런 건 잘도 기억하네!

어? 그러네. 히히.

_ (여섯 살 3월)

엄마의 마음

남자아이들 대부분이 그렇다는데, 그걸 받아들이는 일이 쉽지 않았습니다. 점심 때 반찬으로 뭐가 나왔는지 모른다는 게, 오늘 누구랑 재미있게 놀았는지 기억이 안 난다는 게, 여기 상처는 어쩌다 난 건지 알지 못한다는 게 이해가 안 됐거든요. 지금은 압니다. 그때 그 순간을 재미나게 사는 것이 유일한 목표인 아이들에게 그것은 당연한 거라고요. 초등학생이 되면 여자아이 엄마랑 친해 두어야 한다고, 그러지 않으면 학교생활에 대해 깜깜 무소식이 될 거라는 이야기가 정말 실감됩니다.

●● 오늘의 마주이야기

잘 다녀와 줘서 고마워

엄마, 고마워!

응? 갑자기 뭐가?

일본에 잘 다녀와 줘서.

아!!

_ (여섯 살 4월)

엄마의 마음

서점을 둘러보러 도쿄에 다녀온 지 20일도 더 지났을 때 아이가 갑자기
고맙다고 하는 겁니다. 아이가 엄마 일본 여행을 걱정하는 줄은 몰랐거
든요. 여행 가기 직전에야 "엄마, 일본 군인이 엄마 잡아 가면 어떡해?"
걱정을 하더니, 다녀온 지 3주 가까이 지나서 불쑥 고맙다는 말을 하니
놀랐지요. 아이들도 감정을 차곡차곡 쟁여 놓고 있다는 걸 다시 확인하
게 됐습니다.

엄마, 나 돈 있어?

엄마, 우리 오면 인제 할머니 밥은 누가 해 줘?

이제 괜찮으시대. 할머니 혼자 하실 수 있겠다셔.

엄마, 할머니 또 편찮으시면 우리집에 오시라고 하자.
근데 엄마, 할머니 없다고 '빈집털이'가 할머니 집에서 살면 어쩌지?
엄마, 집 사려면 돈 몇 개나 있어야 해?

그 사람들한테 집 사 주려고?

응. 근데 엄마, 나 돈 있어?

그럼, 돼지 저금통에 잔뜩 있잖아.

아, 나 그럼 부자네.

_ (여섯 살 4월)

엄마의 마음

할머니가 퇴원하시고 일주일 더 머물다 왔는데, 편찮으신 할머니를 두고 오는 게 걱정스러웠던 모양입니다. 할머니 사정을 헤아리는 건 좋은데 빈집털이범 사정까지 헤아리는 건 어쩌죠? 아이 마음으로만 살면 세상에 무슨 걱정이 있을까요.

●● 오늘의 마주이야기

우리 이제 큰일났어?

(착륙을 위해 비행기 날개 아래쪽이 접히는 걸 보고는)
엄마, 비행기 날개가 찢어졌어! 우리 이제 큰일난 거야?

_ (여섯 살 4월)

엄마의 마음

제주도 갈 때 비행기 날개 바로 옆 창가 자리에 앉았습니다. 비행기 이
륙 순간부터 내내 바깥을 내다보던 아이는 착륙을 위해 날개 아래쪽을
접는 걸 보고 다급하게 엄마를 불렀습니다. 비행기 날개가 찢어졌다는
말을 어찌나 크게 했는지, 앞뒤 승객들이 숨죽여 킥킥대는 소리가 한참
이나 들렸습니다. 아이고, 예뻐라.

오늘의 마주이야기

구름도 속상한가 봐

(제주 여행 왔다가 먼저 돌아가는 큰언니 배웅하면서)
내내 좋다가 언니 간다니까 날씨가 엄청 흐리네. 다행이다, 날 좋을 때 왔다 가서.

큰이모 : 그러게. 하루만 늦게 왔어도 아쉬웠겠다.

구름이, 큰이모 가니까 속상한가 봐.

_ (여섯 살 5월)

엄마의 마음
~~~~~~~

아이와 둘이서 제주도 집을 빌려서 3주를 보냈습니다. 제주 전통 가옥
을 새로 고친 독채에서 머물던 시간은 참 좋았습니다. 마당도 다정하고
골목도 정겨운 곳에 머무는 동안 큰이모가 며칠 와서 같이 지냈지요. 고
사리도 꺾고, 투명 카약도 타고, 바닷가에서 작은 조개랑 소라도 줍고
신나게 놀아서인지, 큰이모 가는 걸 몹시 아쉬워했습니다. 먼저 가는 큰
이모를 배웅하러 공항 가는 길에 아이는 구름에 빗대 자기 마음을 전합
니다. 이렇게 사랑스러운 여섯 살이라니요!

오늘의 마주이야기

그래도 용서해 줘야 해

어? 누가 엄마 차에 똥 싸고 도망갔네. '누가 내 머리에 똥 쌌어?'다, 그치? 하하하.

어디, 어디?

요기, 앞에.

어, 정말 그러네. 이따 주차하고 닦아 내야겠다. 도대체 어떤 새가 그런 거야, 엉?

(차를 타고 한참 가다가) 근데 엄마, 그래도 용서해 줘야 해. 못 참아서 그런 거니까. 너무 마려워서 그런 걸지도 몰라. 그러니까 봐줘야 해.

_ (여섯 살 5월)

엄마의 마음

~~~~~~~~

어린이집에 가려고 차를 타는데, 앞유리에 새 똥이 보였습니다. 처음엔 깔깔 웃던 아이가 한참 지나 "새들 혼내면 안 된다"고 하는 겁니다. 아무래도 새 똥이 거기 있다고 엄마에게 말해 준 게 마음에 걸렸고, 새들한테 미안했던 거 같아요. 자기도 오줌이 마려워서, 똥이 마려워서 힘들었던 기억이 있으니까 더 그랬을 것 같아요. 못 참아서 그런 거니까 용서해 줘야 한다는 말, 그럼요, 동의할 수밖에요!

엄마도 귀여워

엄마, 귀여워.

아니야, 귀여운 건 우리 아가지.

아니야, 엄마도 귀여워.

그, 그래? 고마워~~.

엄마는 외할머니 아가잖아!

아!!

_ (여섯 살 7월)

엄마의 마음

엄마도 외할머니에게는 귀여운 아가였다는 생각을 할 수 있는 여섯 살
어린이 마음!

엄마 차, 대~단하다

엄마, 여긴 뭐하는 데야?

톨게이트라는 곳이야. 고속도로 가려면 돈을 내야 하거든.

근데 왜 우리는 그냥 가?

하이패스 단말기란 게 있어서 그래. 그게 있으면 차에서 돈을 자동으로 빼 가.

우와, 아빠 차 대단하다! 그거, 엄마 차에도 있어?

있어.

우와, 엄마 차도 엄청엄청 대단하다. 그렇게 낡은 차가 엄청 대단하다.

_ (여섯 살 7월)

엄마의 마음

찬영이는 별것 아닌 일에도 대단하다고, 엄청나다고 해 줍니다. "아빠 정말 힘세다!" "엄마, 진짜 요리 잘하네!" "아빠는 레고를 어떻게 그렇게 잘 만들어?" "엄마, 정말 대단해!" 얘기를 들으면 정말 그런 것 같은 기분이 듭니다.

오늘의 마주이야기

식당 주인이 속상하잖아

저번에 먹은 거 그거 뭐지? 고기랑 국수랑 같이 나오는 거?

칼국수 불고기 정식이야.

응, 그거! 오늘 그거 또 먹자.

음, 근데 엄마는 불고기는 맛없던데. 그냥 칼국수에 공기밥 시켜 먹는 거 어때?

(갑자기 속삭이며) 근데 엄마, 혹시 식당 주인이 맛없단 말 들으면 속상하잖아.
그러지 마.

어, 그, 그래….

_ (여섯 살 10월)

엄마의 마음

황희 정승 이야기가 따로 없지요? 들에서 일하는 소 두 마리 중에 어느
소가 일을 더 잘하느냐 물었더니 농부가 황희 정승에게 귓속말로 답을
알려 주더란 이야기를 들려준 적이 있습니다. 원래도 세심한 아이였는
데, 뭔가 상대가 속상할 것 같은 말을 하게 되는 순간들을 몹시 조심하
는 게 느껴졌어요. 식당 주인 마음까지 헤아리는 아름다운 사람으로 계
속 자라 주면 좋겠습니다.

오늘의 마주이야기

엄마는 살쪄도 예뻐!

엄마 : 자꾸 살이 찌네. 가을이라 그런가?

아빠 : 그래도 다이어트 같은 건 하지 마.

엄마 : 몸이 너무 힘들어. 운동해야 할 것 같아.

아빠 : 운동이야 좋지. 굶으면서 하지는 마.

엄마 : 5킬로그램만 줄이면 좋겠다.

찬영 : 아니야, 괜찮아. 엄마는 살쪄도 예뻐!

_ (여섯 살 10월)

엄마의 마음

살쪘다는 말 말고, 예쁘다는 말에 집중하면 되는 것이겠지요? 하하. 아이가 엄마를 위로해 주려는 마음인 건 알겠는데 엄마가 살이 쪘다는 건 일단 인정! 분명히 칭찬인 것 같은데, 뭔가 찜찜한 칭찬입니다.

오늘의 마주이야기

여섯 살, 발달을 어떻게 볼 것인가?
한 번에 한 걸음씩, 하루하루 한 뼘씩

아이가 자라면서 엄마들과 이야기할 기회가 많아졌다. 내 아이와 다른 아이를 비교하는 마음도 커졌고, 다른 엄마들은 아이와 어떤 관계를 맺고 있는지 궁금해졌다. 무엇보다 나만 혼자 잘못하고 있는 건 아닌가, 하는 의구심이 눈덩이처럼 커졌다. 나 같은 엄마들에게 권하고 싶은 탈출법이 하나 있다. 아래 질문들을 어딘가에 적어 놓고, 한 번씩 보시라. 그러다 보면 내 아이의 행동이나 성장이 보다 객관화되고 거리감이 생기는 경험을 하게 될 것이다.

질문 1. 아이의 발달은 타고난 것일까? 아니면 후천적 영향 때문일까?
질문 2. 발달은 자라면서 이루어지는 것일까? 아니면 학습되는 것일까?
질문 3. 발달은 유전에 의한 것일까? 아니면 환경에 의한 것일까?

아동교육학 같은 건 교양 수업으로도 들어 본 적 없는 나다. 이런저런 교육학 책들을 어깨너머로 들여다보면서, 그리고 내 아이를 보면서 생각했다. 모두가 영향을 끼치는 거네, 뭐! 그러니까 쉽게 절망할 필요도, 그렇다고 미리 환호작약할 것도 없지. 그냥, 너는 너 생긴 대로, 너 가고픈 대로 그렇게 가렴!

디엔에이에 새겨진 기질도 분명히 있겠지만, 그렇다고 아이가 자라면서 겪게 된 수많은 일들이 끼친 영향도 무시할 순 없을 것이다. 목을 겨우 가누고, 뒤집기에 성공하고, 무언가 짚고 일어서고 한 발을 떼는 그 모든 과정마다에 아이가 수없이 겪은 시행착오

와 엄마나 아빠의 격려와 환호는 적절하고도 조화롭게 아이의 몸과 영혼에 스며들었을 것이다. 아이에게 차곡차곡 쌓인 시간이 어떤 형태로 아이의 질적 성작을 가져오는지 나는 모른다. 영유아검진을 빠트리지 않고 받았지만, 그 설문들이 진짜 내 아이의 발달을 적확하게 보여 주는 것인지는 알지 못한다. 초등학교 1학년에 들어가서야 한글을 배울 수 있도록 교과과정을 짜 놓고도, 1부터 10까지 세는 건 학교 가서 배워도 된다고 해 놓고도, 검사지 문항에 '아이가 1부터 10까지 쓸 수 있다'가 들어 있다. 시력 검사를 하는데, 당연하다는 듯이 숫자 검진표, 한글 검진표를 먼저 보여 주신다. 그럴 때, 한글 학습을 너무 일찍 시키면 아이가 버거워한다, 아이 발달에 맞지 않다고 굳게 믿고 있는 나 같은 엄마의 무릎은 꺾인다. 도전을 받는다.

정답은 없다고 생각한다. 아이는 내 가족뿐 아니라 더 너른 사회 속에서 성장해 나간다. 사회문화적 환경 역시 아이의 발달에 큰 영향을 미칠 것이다. 아이가 태어나던 2014년 4월, 산후조리원에서 텔레비전을 보면서 내내 울 수밖에 없었던 사건 역시 이 아이에게 어떤 식으로든 영향을 끼칠 것이다. 그러니 방법은 하나다. 그저 하루하루를 잘 치러 내는 것. 전쟁 같은 하루였든, 봄바람처럼 안온했던 하루였든, 아이도 엄마도 또 그렇게 한 뼘쯤, 손가락 마디 하나쯤 어제와 달라졌다고, 그만큼 나아갔다고 믿는 것.

여러 학자들이 아이가 만 여섯 살이 되면 개성과 사회성이 완성된다고 말한다. 개성은 허용적인 분위기에서 만들어진다. 아이가 좋아하는 것을 맘껏 해 볼 수 있어야 한다. 하지만 많은 엄마들이 "아이가 아직 어려서."라며 망설인다. 그러면서 좀 더 크면, 학년이 올라가면, 혼자 할 수 있지 않겠느냐고 말한다. 그들은 아이가 어느 정도 자라면 저절로 독립성을 갖추게 될 거라는 환상을 지니고 있지만, 사람의 변화는 어느 날 갑자기, 그렇게 단순하게 이뤄지지 않는다. 자기 아이가 남의 아이들보다 야무진 아이로 자라기를 바라면서도 지금 당장 담임의 당부대로 시행하기에는 이르다는 생각이 결국 아이의 성장을 늦춘다.

_『나는 1학년 담임입니다』, 송주현, 낮은산, 238~239.

믿어 주고, 들어 주고, 다시 믿어 주는 엄마가 되어 보자.

일곱 살

일곱 살,
내 평생소원은

말 안 하는 공연

(대사는 하나도 없이 음악과 춤만 있는 아이스발레 <호두까기 인형>을 보고 나오는 길)
찬영아, 나중에 이런 공연 또 보러 올 거야?

아니, 말도 안 하는데 왜 또 보러 와?

_ (일곱 살 1월)

엄마의 마음

<무지개 물고기>나 <알사탕>, <애니> 같은 뮤지컬을 재미있게 보기에
이번엔 아이스발레 <호두까기 인형>에 도전했습니다. 집에 있는 진짜
호두까기 인형, 엄청 잘 갖고 놀았으니까요. 그런데 아무래도 엄마 욕심
이었던 모양입니다. 아이는 아무 말도 안 하는 불친절한(적어도 아이가
느끼기에는) 공연은 단호히 거절하더라고요.

엄마는 좋겠다

(엄마와 함께 엄마의 독서 모임 갔다 오는 길에) 엄마!

응?

엄마는 친구가 몇 명이야?

글쎄, 몇 명일까? 안 세어 봤는데?

아까 본 이모들이 다 엄마 친구야?

음, 그렇다고 할 수 있지. 왜?

엄마는 친구 많아 좋겠다.

_ (일곱 살 1월)

엄마의 마음

어린이집을 그만두고 엄마랑 집에 있은 지 두 달쯤 됐을 때였습니다. 엄마랑 날마다 노는 게 좋다고 하더니, 마냥 좋기만 한 건 아니었나 봅니다. 엄마 독서 모임에 따라갔다가, 웃고 신나 보이는 엄마 보니까 친구들 생각이 났던 게지요. 찬영이가 많이 안쓰러운 날이었습니다.

●● 오늘의 마주이야기

열 개는 너무 많아

엄마, 여기는 지하 2층이네. 우리 몇 층 간다고?

우리는 10층.

10층? 그럼, 여기서 몇 층을 더 가야 하는 거야?

음, 지하 2층에서 1층까지 두 층, 그리고 다시 10층이니까 모두 12층이지.

(한참 동안 손가락을 접었다 폈다 하더니) 휴~ 열 개는 너무 많아.

_ (일곱 살 2월)

엄마의 마음

하나 둘 셋, 셀 수는 있었지만 1234 숫자랑 연결하기까지는 시간이 많이 필요했습니다. '하나 둘 셋 넷'과 '한 개 두 개 세 개 네 개'도 바로 연결이 안 되고요. 그래도 일곱 살이 되니 엘리베이터 숫자들을 스스로 읽을 수 있게 되었습니다. 성장은 필요한 순간에 기적처럼 이루어진다는 것을 실감했습니다. 이 무렵 찬영이의 호기심도 폭발해서 "엄마, 지구에 사람은 모두 몇 명이야?" "엄마, 그럼 우리나라가 사람이 많아, 일본이 사람이 많아?" "엄마, 우주에 지구는 몇 개야?" "엄마, 백 개가 많아, 수억 개가 많아?" 끝없이 물었습니다. 찬영이 손가락은 열 개밖에 없는데, 손가락, 발가락을 더해 봐야 겨우 스무 개인데 찬영이가 앞으로 알아야 할 엄청난 숫자들을 다 어쩌면 좋을까요. 그래도 하나하나 차근차근 잘 넘어가 주겠지요?

●● 오늘의 마주이야기

대보름 무지개 밥상

땅콩은 왜 사?

내일이 대보름이거든.

호두는 또 왜 사?

대보름에 호두랑 땅콩이랑 먹으면 한 해 동안 건강하대. 다섯 가지 곡식으로 밥도 짓고, 나물도 먹는 날. 찬영이도 알지?

그래? 어, 그럼 무지개 밥상이네. 예쁘겠다!

_ (일곱 살 2월)

엄마의 마음

오곡밥을 먹으면서 '무지개 밥상'이라는 말을 할 수 있는 아이가 정말 놀랍습니다. 요즘엔 그 의미가 많이 달라졌지만, 그래도 몇 가지 먹을거리로 자연의 시간을 몸에 새기면 좋겠다 싶어서 대보름 먹을거리를 준비했지요. 호두나 땅콩, 별로 안 좋아하는 아이인데 그래도 안 먹겠다 하지 않고 '무지개 밥상'이라며 좋아해 줘서 기뻤습니다.

●● 오늘의 마주이야기

일곱 살, 평생소원

찬영 : 엄마, 아빠, 나 평생소원이 있어.

엄마 : 평생소원? 하하, 그래 우리 찬영이 일곱 살 평생소원이 뭘까나?

찬영 : 웃지 말고 들어.

엄마 : (웃음 꾹 참으며) 알았어, 알았어.

찬영 : 내 평생소원이 뭐냐면, 음, 엄마랑 아빠랑 셋이 같이 레고놀이 하는 거야.

아빠 : 흠. 평생소원이면 들어줘야지.

_ (일곱 살 2월)

엄마의 마음
〰〰〰〰〰〰

저녁 먹다 말고, 갑자기 '평생소원'을 이야기해서 엄청 웃었네요. '이제 겨우' 일곱 살이라고 생각하는 어른들의 마음과 달리 아이에게는 그 시간이 '평생'이라는 걸 새삼 깨닫습니다. 그렇지만 아이 입에서 나온 '평생'이란 말이 너무 낯설고 재미있어서 먼저 웃기부터 했네요. 그대로 존중해 주고, 인정해 주는 것도 연습이 필요한 일인 것 같습니다. 그나저나, '평생소원'이란 말은 도대체 어디서 들은 걸까요?

벚꽃 솜사탕

(벚꽃나무를 올려다보니, 참새 세 마리가 활짝 핀 벚꽃 사이를 이리저리 다니며
분주하다. 목 꺾고 올려다보다가 참새가 포로로 떨어뜨린 벚꽃 송이 주우며)
엄마, 벚꽃 솜사탕 이쁘다.

벚꽃 솜사탕? 와, 진짜 예쁘구나!

엄마, 나 크면 길다란 막대기 만들어서 하늘에 있는 구름 솜사탕 딸래.

그래 그래, 따면 엄마도 꼭 하나 줘!

_ (일곱 살 4월)

엄마의 마음

유치원 가다 말고 벚꽃나무 구경하느라 한참씩 목을 빼고 하늘을 쳐다
봅니다. 열심히 걸으면 아이 걸음으로도 십 분이 안 걸리는 거리인데,
벚꽃이 피면 그거 보느라, 목련이 피면 떨어진 꽃이파리 주워서 꽃잎 풍
선 부느라, 버찌가 익으면 떨어진 버찌 줍느라, 비둘기가 울면 따라가느
라, 새끼 낳아 기르는 쇠박새 보고는 둥지 찾느라, 찍 찌직 울어대는 직
박구리한테 시끄럽다 지청구 주느라, 길고양이랑 눈 마주치느라 열심
히 가도 이십 분은 넘습니다. 얼른 데려다 주고 엄마도 일하러 가려니
마음은 늘 바빴는데 그날은 아이 말이 어찌나 고운지, 덩달아 한참이나
나무를, 하늘을 바라봤습니다. 언제나 그렇지만, 아이는 정말 좋은 선생
님입니다.

대중소가 무슨 말이냐면

(자기 배를 가리키며) 엄마, 여기 대장 있지? 근데, 대장이 무슨 뜻이야?

큰창자란 뜻이야.

그럼, 소장은?

작은창자.

그럼, 중장은?

중장?

응, 중장. 중장은 중간창자, 맞지?

아, 그게, 중간창자란 건 없는데 어쩌지?

_ (일곱 살 4월)

엄마의 마음

아이가 언어를 익혀 가는 단계들을 새롭게 알게 됩니다. 한자어가 있다는 걸 알게 되고, 책 보다가 '대중소'라는 말을 배운 뒤에 그걸 자기 몸에 적용해 뜻을 익히는 아이가 참 신기합니다.

이러다 정말

엄마, 이거 좀 봐 내 이빨 또 흔들려.

어디?

여기 저번에 뺀 이빨 있잖아. 그 옆에, 또 그 옆에 두 개나 흔들려.

엄마 이러다 정말 내 이빨 대이빨 되겠어!

대이빨?

응, 대이빨. 머리가 없으면 대머리잖아, 이빨이 없으면 대이빨 아니야?

아, 하하하.

_ (일곱 살 4월)

엄마의 마음

여섯 살, 일곱 살이 되면서 아이가 구사하는 말의 숫자도 엄청나게 늘어나기 시작했습니다. 미용실에서 자꾸 장난을 치기에 미용실 이모가 "그렇게 자꾸 장난치면 경찰 아저씨가 혼낸다." 했더니 "아니야, 엄마가 혼나. 엄마가 잘못 가르쳐서 그렇다고 엄마가 혼날 거야. 그러니까 괜찮아." 하고 당당하게 말합니다. 생각이 자라는 속도와 머릿속에 단어들이 차곡차곡 쌓이는 속도가 눈에 보일 만큼 빠릅니다. '대머리'라는 말을 이해하고, 그걸 '대이빨'이라는 단어로 조합해 내는 아이들이 얼마나 대단한지, 세상을 배워 가느라 얼마나 애쓰고 있는지 눈에 보입니다. 정말 대단하지요!

오늘의 마주이야기

엄마가 할머니 되면

(이불 위에서 뒹굴거리다가 발장난을 심하게 해서 엄마 배를 아프게 하는
찬영이를 보고) 너, 이러면 엄마가 어떻게 한다고?
(내복을 내리고 찰싹찰싹 두어 대 장난으로 두드려 줬다.)

까르르르. 아이 참 엄마, 내가 아가야?

그럼, 아가지. 어디 몇 대 더 두드려 볼까?

엄마 할머니 되면 나도 그렇게 한다.

응? 웬 할머니?

엄마가 그랬잖아. 할머니 되면 다시 아가가 된다면서?
그러니까 내가 찰싹찰싹 해도 되지 뭐.

_ (일곱 살 12월)

엄마의 마음
~~~~~~~~~
엄마, 아빠가 더 나이를 먹고 할머니, 할아버지가 되면 몸도 약해지고
마음이 도로 아기가 될 수도 있으니까 잘 돌봐 줘야 한다는 이야기를 한
적이 있어요. 그걸 마음에 품고 있었나 봅니다. 엄마가 아가가 될 수도
있단 말을, 겉모습까지 아기가 되는 것으로 생각하고 있는 모양이에요.
아이와 마흔 살 차이, 지레 걱정인지 몰라도 아이 곁에서 오래도록 깨끗
한 몸과 마음으로 살다 가고 싶습니다.

일곱 살의 위기, 어떻게 지나갈까?

넘치는 호기심에 성실하고 친절하게

교육학자 비고츠키에 따르면 아이들은 초등학교에 들어가기까지 네 번의 위기를 겪는다고 했다. 신생아의 위기, 1세의 위기, 3세의 위기, 7세의 위기가 그것이다. 모두가 중요한 전환점이지만 그중에서도 7세의 위기는 더욱 특별하다.

> 7세 위기의 사회적 상황은 환경에 대한 심리적 의존으로부터 벗어나 자아의 토대를 확립하는 것입니다. 외적 인격과 내적 자아의 분화를 통한 원시적 자아라는 신형성이 나타납니다. (…) 지성화된 행동(내가 무슨 행동을 하는지 알게 되는 것), 지성화된 말(내가 무슨 말을 하는지 의식하는 것), 체험의 공동일반화(나의 개인적 체험을 다른 사람에게 이해시키는 것), 원시적 자아(겉으로 드러나는 인격과 속마음 사이에 새로운 층이 생기는 것)가 바로 7세 위기의 신형성입니다. 내적 느낌과 외적 행동이 동일하게 드러나는 순진한 일치성과 어린이다운 즉각성이 상실됩니다.
>
> _『의식과 숙달』, 비고츠키, 192~207.

완전히 새로운 단계로 접어드는 것이다. 이때가 되면 끝없이 질문을 퍼붓는다. "지구에 사는 사람은 모두 몇 명이야?"처럼, 검색으로 간단히 답해 줄 수 있는 질문부터 "사람은 죽으면 어디로 가?" "(돌아가신) 할아버지는 지금 어디에 있어?"처럼, 쉽게 대답하기 어려운 질문을 하기 시작하는 시기다. 여섯 살 때까지는 답이 막히는 질문을 받은 적이 없다. 그러다 봇물 터지는 것이 일곱 살 언저리였다.

아이가 자라면 자랄수록 지식을 추구하는 과정에서 모호함은 점점 사라지고, 대여섯 살쯤 되면 이미 아이는 지적 활동의 재료를 아주 진지하게 대하기 시작한다. 어른에게는 아이들이 끝없이 질문하는 데 대답해야 할 뿐 아니라 아이들의 호기심을 자극해서 해가 지날수록 아이들이 점점 더 흥미로운 질문을 할 수 있도록 도와야 할 의무도 있다.

어린아이의 정신세계가 아무리 불안정하고 혼란스럽게 보이더라도(특히 만 다섯 살이 되기 전의 아이들) '두 살에서 다섯 살까지'의 아이들은 지구상에서 가장 탐구심이 왕성한 존재이며, 자기를 둘러싼 세계를 이해하고자 지치지 않고 질문을 던진다는 사실을 잊어서는 안 된다.

_『두 살에서 다섯 살까지』, 코르네이 추콥스키, 양철북, 53.

이 무렵 아이가 보여 준 왕성한 지적 호기심을 채워 주느라 몹시 허덕였던 기억이 새롭다. 자연사박물관에 가고, 서점에 데려가고, 도서관에 뻔질나게 드나들었다. 아이는 어려워 보이는 내용이라 넘어가려고 해도 반드시 설명을 요구했고, 제 나름의 방식으로 이해한 다음에 다음으로 넘어갈 수 있었다. 때로는 윽박지르고, 또 때로는 못 들은 척했다. 다 상대하다가는 내가 먼저 쓰러질 것 같았다. 그렇다, 추콥스키 선생께 혼나고도 남을 일이다. 생각해 보면 아이 혼자 7세의 위기를 겪는 것이 아닌 것 같다. 엄마도 아빠도 아이와 함께 슬기롭게 넘어야 할 난관이다. 모든 부모님들, 모쪼록 파이팅!

이찬영은 2014년에 태어났다.
옛이야기 좋아하고, 달달한 간식 좋아하고,
벌레 잡는 것도 좋아하는 어린이다.
그림 그리는 것도 좋아한다.
엄마와 함께 『일곱 살의 그림일기』를 펴냈다.

이찬영의 말을 기록한 김단비는
마흔한 살에 처음 엄마가 되었고,
지금도 여전히 '되어 가는' 중이다.
어린이책을 만들고 있다.